AF282843

María Isabel Martínez Gilaranz

R

© María Isabel Martínez Gilaranz

© Editorial La Rueca

www.editoriallarueca.com

Primera edición: junio 2024

ISBN: 978-84-19865-79-3

Depósito Legal: 15562-2024

La reproducción total o parcial de este libro
no autorizada, vulnera los derechos reservados.

Impreso en Madrid - España - UNIÓN EUROPEA

*A mis padres, Rafael y Begoña, porque siempre
están a mi lado*

R, el amor de mi vida

Tengo 54 años. Desde adolescente me di cuenta de que no me excitaba un hombre si no inventaba alguna fantasía.

Hoy, día de la Madre, he quedado con la mía a comer. Se llama Begoña. Ayer fui a comprar un regalo, un bolígrafo caro, para que haga los crucigramas, mi madre es que se lo merece todo. Hace un año independicé, compré un piso pequeño, además es el cumpleaños de mi madre. No lo tenía pensado, y a la semana estaba llevando bolsas y cajas llenas de cosas. Mi madre y yo quedamos el sábado a comer. Nos contamos cómo nos fue la semana, y los planes para la siguiente. Le hablo de mi trabajo, los informes, Mayer, Irene y los dos camareros Oren y R, que actualmente llegan la cafetería.

Mi padre se llama Rafael, y digo "se llama" porque siempre estará vivo para mí, y será mi padre, aunque falleció hace dos años y medio. Fue de repente, fuimos a recogerte a u hospital, le operaron y una peritonitis acabó con su vida tres semanas después. Nos dejó solas Nos dejó solas. Mi madre no quiso nada de la parte de la herencia, yo al ser hija única, heredé todo.

Hola felicidades, este regalo es para ti.

—Gracias —dice mi madre.

—¿Qué tal la semana? —pregunto.

—Bien —me responde.

—Yo, cansada, no he parado en toda la semana.

—Trabajas mucho, para lo que te lo agradecen.

—Ya, pero no puedo dejar que el trabajo se acumule. Vamos a comer donde siempre, he reservado mesa —propongo.

—Vale, donde tú digas. ¿Y de amores? —me pregunta.

—Como siempre, sin novedad.

—Bueno, ya te saldrá alguien.

—Claro, no tengo prisa. Y tú, ¿has conocido a alguien? —le pregunto.

—No.

Acabamos de comer, después de dar un paseo dejo a mi madre hasta el próximo día que nos veamos.

—Te llamo el miércoles. Un beso.

—Que lo pases bien hija.

Es lunes. Llego a la oficina y me da tiempo a tomar un café. Se le pido a R. Allí está Mayer que ha llegado también.

—¿Cómo llevas el informe? —me pregunta.

—Qué desastre, no consigo avanzar en el texto —respondo.

—Tranquila, aún hay tiempo. —contesta Mayer.

—No quiero dejar todo para última hora, como siempre —replico enfadada.

—Bueno, no te enfades ya te ayudo yo.

—No. Me voy a hacer una Llamada urgente, ahora vengo. —digo a Mayer.

—Vale, miro las correcciones —responde.

No le escucho, me cansa, me aburre. Mira que es pesado, no quiere entender que el jefe desea que esta mañana a primera hora esté todo acabado. Él no sabe nada del tema, prefiere dejar que yo asuma toda la culpa, estamos juntos en el proyecto.

"Me meto en el servicio, me siento, me bajo las bragas, con la yema de los dedos me acaricio lentamente, sin prisa, empiezo por el cuello, bajo a los pechos, la aureola de los pezones siempre me atrajo. Con los dedos rodeo el pezón, luego lo pellizco y, sin querer, siento un orgasmo que me recorre el cuerpo. No me corro. Sigo. Tengo las piernas abiertas, de mi boca sale un suspiro de placer, no me aguanto más y me dejo llevar por el placer."

Mayer está con los papeles. Se me ha desabrochado un botón que deja ver la figura de mis pechos. Se para a contemplar el espectáculo y se ríe. Pero yo finjo que no veo nada, que estoy pendiente de las correcciones.

—¿Paramos a tomar algo? —propone alegre.

—Sí, me apetece un bocadillo y un café.

—Mejor bajamos a la cafetería, así nos dará el aire.

Asiento con la cabeza. Cojo el bolso y el abrigo, mientras que Mayer se adelanta. Pulsa el botón del ascensor para que cuando llegue a su altura esté esperando. Es muy detallista.

—Parece que mañana va a llover —dice Mayer.

—No sé, aún no escuché la radio —contesto.

—Sí seguro, lo llevan diciendo toda la mañana.

—Cojo el paraguas, gracias por el aviso.

Mayer es capaz de decirme el tiempo que va a hacer en toda España. Llegamos a la cafetería, Mayer me abre la puerta, me cede el paso y al llegar me pide que me siente en la mesa, para que no me preocupe de nada. Estoy cansada, con ganas de llegar a casa darme un baño caliente de espuma y tomar un vaso de leche, para ir a acostarme.

—Espero que te guste los bocadillos que traje —dice Mayer.

—Sí, perfecto me encanta el queso, gracias.

—Si quieres algo más, sólo tienes que pedírmelo.

—No, está bien así con un bocadillo de queso y una cerveza, a ver si acabamos pronto.

—Te acompaño, que traje coche —se ofrece.

—Mayer, ya has hecho suficiente con ayudarme e invitarme a cenar.

—Es lo mínimo después de lo que me hiciste por mí la semana pasada.

—No recuerdo —me excuso.

—Hablar al jefe de mí para recomendarme en la sesión de fotos con la modelo nueva, es guapísima —me dice emocionado.

—¿Y te ofreció el encargo? —pregunto interesada, mientras me como el bocadillo.

—Lo va a estudiar, pero tengo posibilidades. Todo gracias a ti.

—De nada, mañana se lo vuelvo a recordar.

—¿Harías eso por mí?

—Claro, déjalo de mi cuenta, cuando le lleve unas cosas que me ha pedido, se lo digo de nuevo.

Seguimos cenando. Él está ilusionado con esta nueva modelo.

Lena Mores había hecho un anuncio de bombones que se vendieron muy bien (salía desnuda, en un sofá con la caja encima el vientre y comiendo un bombón). Hizo un reportaje a Lena aún con menos ropa de la que salía en el anuncio y, por supuesto, sin la caja de bombones, *"ya era ella bastante bombón"*—pensaría mi jefe.

Mientras estaba pensando en esa modelo, R me tiró el café en el bolso, tropezó con el asa y sin querer me le echó encima.

—Perdón le ruego me disculpe —dijo R.

—Perdóname a mí, es que no me di cuenta de que está el asa del bolso por el suelo, soy un desastre —respondí yo.

—Espere que traiga una fregona, no se levante.

—Gracias, siento el estropicio.

Mayer se ha ido, ha subido antes para coger unas cosas, a ver si podemos irnos a casa. Me quedo en la cafetería viendo como R limpia el suelo.

"Me imagino que soy yo la que limpia, R está mirando desde la silla, me obliga a agacharme para recoger el café que he tirado, me da órdenes precisas, serio y contundente. Yo me agacho, él, por detrás, me toca los pechos por debajo de la blusa, mientras que me dice que no pare y siga fregando sin molestarle en lo que hace. R baja las manos y me toca la tripa, levemente, con los dedos, roza mi ombligo y me eriza el pelo. Le miro suplicante, me dice que lo deje. Me agacho para que me acaricie la cara, y me sonríe".

—Perdón —R me saca de mis pensamientos. ¿Qué estás pensando?

—Cosas de trabajo —miento.

—Parecen importantes.

—No, es sólo por pasar el rato, quiero ir pronto a casa.

—Si quieres, te espero. —me dice R.

Me ha dado un papel con su número de teléfono. Lo guardo en el bolso, me levanto y le digo:

—Bueno, te llamo cuando esté cogiendo el ascensor.

"Me voy, no le dejo despedirse. Aún tengo pendiente correrme pensando en cómo me ha dominado R, por eso, como castigo no le dejo que se despida".

Estaba llegando a la mesa de mi despacho, cuando suena el móvil. Es Mayer que se impacienta, cree que me va a acompañar en su coche, pero prefiero a R.

—¿Queda mucho? —pregunto a Mayer.

—No, casi he terminado.

—Podíamos dejarlo para mañana, estoy cansada quiero ir a casa.

—Perfecto, te llevo.

—No, quiero ir sola.

Recojo los papeles, a la vez que le contesto. Prefiero que se vaya, me deje solo para poder quedar con mi "amante secreto", no me gustaría que Mayer lo supiera. Por eso le insto a que se vaya.

—R, ¿sigue en pie llevarme a casa? —le pregunto.

—Claro, enseguida subo a tu despacho.

—No, bajo yo a la cafetería.

—Bien, te espero.

Cuando llegamos a casa, R está sentado mientras me quito la ropa. Me he dejado una braga minúscula y el sostén negro. Me dejo mirar, escrutar. Espero que me toque. R tiene miedo a que me enfade, estropear el momento, apenas me conoce, sólo de verme en la cafetería. Me duele la cabeza del papeleo vivido horas antes, pero está ahí R.

Voy a la cama.

"No comprendo por qué los hombres se quedan dormidos enseguida, a mí me cuesta trabajo quedarme dormida, incluso tomando las pastillas que me manda Yolanda, mi doctora, a la que tendré que llamar un día de éstos a ver si me receta más. No puedo olvidarme, voy a apuntarlo en la agenda. Mientras veo a R dormido a mi lado".

R. se ha despertado, oigo la ducha y a él cantar. De pronto me llama.

—Cariño, ¿tienes más champú?

Ni un "buenos días", o "¿qué tal has dormido?" sólo que necesita champú.

—Ahora te lo llevo —respondo.

—Gracias.

—¿Quieres un café? —le pregunto.

—Con lecheee. —contesta él, con el ruido del agua cayendo en la ducha.

"Entonces es cuando me preguntó si de verdad nos hemos pasado la vida las mujeres luchando por la igualdad, para acabar siendo la criada de un desconocido, que ni siquiera me ha echado un polvo".

Al llegar a la oficina, Mayer me está esperando, tiene prisa porque ha pasado el jefe a preguntar cómo va el informe.

—Vamos, tenemos que acabar el informe.

—Voy, espera que deje el bolso, me tome un café, y vea los recados.

—No hay tiempo, hay que entregarle el informe.

—Vale. Iré por un café, que lo necesito.

No sé cómo quitarme a Mayer de encima, pero la verdad es que necesito esa dosis de cafeína. R se ha quedado en la habitación vistiéndose, yo me he tenido que venir a trabajar.

"Imagino a R está desnudo, con la ropa colocada en mi cama, secándose con la toalla, caen gotas de agua por su cuerpo. Yo estoy de rodillas agarrada a sus piernas y bebiendo de esas gotas que caen. De pronto R me levanta de un impulso, me tira a la cama boca abajo".

— ¡Cállate, zorra! —me ordena, mientras me arqueo el cuerpo.

Me pide que me calle, y con la mano derecha sujeta mi cabeza contra la cama, para con la otra humedecer con su boca los dedos y preparar mi vagina, para poder penetrarme.

—Déjame, te lo ruego me haces daño.

—¿Crees que me importa?

Aunque le suplico que me deje porque me está haciendo daño, me gusta el modo en el que está encauzando el tema. Siento a R dentro de mí, húmedo y caliente, me mueve la cintura con sus manos deprisa, hasta que se corre y me pide que lo haga yo.

—Haz lo mismo y urgentemente —me ordena.

Ante mi negativa, me da la vuelta con violencia, sin dejar de penetrarme y me coge los pezones con dos de sus dedos, los aplasta.

—¿Te excita? —me pregunta.

—Sí me excita —le digo en voz baja.

—Pues si no me corro, seguirá apretándolos hasta que lo hagas.

El informe se quedó en la mesa del director. Poco me importa en ese momento qué le ha parecido. Hay varios miembros de la Junta Directiva que, mientras Mayer ha explicado las partes más técnicas del informe, no han dejado de verme el pronunciado escote del vestido negro ajustado. No llevo bragas, ni sostén.

"Estoy muy caliente, en medio de ellos, cuatro personas que me han puesto en una mesa grande, redonda y rodeada de líquidos. Están tomando unas copas. No puedo verlos, pues tengo los ojos

vendados, pero si oírlos. Uno de ellos me ayuda a bajar de la mesa obliga a colocarme a horcajadas en una silla, con las manos puestas en el asiento. Me unta con un líquido con olor a canela, toca dentro de mi vagina con los dedos llenos de ese líquido que escurren. Me revuelvo en la silla.

— No te muevas, o probarás mi castigo.

Le obedezco.

—¿Y si la atamos a los barrotes de la silla?

No asocio los nombres a las voces que oigo, mientras que me ata otro a los barrotes de la silla.

—Toma hazlo con un pañuelo de seda, que no se me quede marcas.

—No creas que te vamos a dejar rajarte, abre las piernas. Me ordena, He reconocido a Jaime, es uno de ellos.

—Levanta la cabeza, voy a meterte mi polla en tu boca y quiero que juegues con ella —me pide, a la vez que me sujeta la cabeza para facilitarme la labor.

—Esperad, os lo ruego. Tengo sed, necesito beber algo.

—No, tú beberás, cuando te demos permiso, sigue con tu trabajo.

—Déjala que beba un poco de agua —dice Jaime.

—Toma, bebe y descansa un poco. Aún te queda para terminar.

Me he corrido, a la vez que caía por mi garganta el agua, caía por mis muslos un líquido caliente".

—¿En qué piensas? —pregunta Mayer.

"No me lo puedo creer, en lo mejor de mis pensamientos Mayer me pregunta qué pienso".

—En el informe —le contesto.

—Les gustará, ya lo verás.

—Sí, bajo a tomar el aire.

Quiero recuperar ese pensamiento de cuatro desconocidos que me han dominado, han vendado mis ojos y me han atado a una silla, para hacerles disfrutar. Sigo pensando en ellos:

"Uno me ha bajado de la silla, para tumbarme boca arriba en la mesa, me ha dado a beber agua porque les he pedido que me dejen beber algo, aunque no todos querían que bebiera para obligarme a hacer bien mi trabajo, a cambio de un vaso de agua. Sólo uno de ellos ha tenido algo de piedad. Cuando acabo de beber, caen por la comisura del labio algunas gotas manchando la mesa. Otro de los hombres me dice que lo recoja con la lengua. Me ayudan a cambiar de postura, tengo las manos atadas a la espalda, y los ojos vendados. Me pone a cuatro patas encima la mesa donde poco antes he presentado el informe y lleva mi cabeza donde está el agua. Con gesto de piedad la lamo hasta que recojo todo y después oigo una voz que me es familiar: La de R. Él dirige todo desde el sillón giratorio que hay presidiendo la mesa".

—Hola, ¿Cómo va la mañana? —pregunta R.

—Bien, con el informe que hoy le hemos presentado Mayer y yo.

"Ahí está R, el mismo que está en mi pensamiento, el mismo que se aparece cada mañana".

—¿Por qué no vienes luego a mi casa? —le pido.

—Después del ridículo de anoche, ¿aún quieres que vuelva? —responde.

—Sí, por favor. Ven esta noche, te estaré esperando.

Mientras seguiré con mi sueño, con mis pensamientos creyendo que R domina todo, que está en mis fantasías. No sé por qué, siempre me he sentido atraída por él, desde que le contrataron como camarero.

—Bonita, ¿Cuándo quedamos a tomar algo fuera del trabajo? —pregunta Oren.

—Un día de estos —respondo.

Oren es el compañero de R. Lleva más tiempo que él en el bar de la empresa. Sé que le gusto, que más de una vez ha deseado tenerme en su cama. De pronto mi mente empieza a pensar:

"Oren y yo nos hemos visto a solas en un ascensor. Está mirando mis pechos. Me coge con los dos brazos, me levanta y con un movimiento arranca mis bragas. Estoy indefensa, pero me rindo a su fuerza, quiero ver cómo acabará y finalmente me

da la vuelta, pone mis manos en el ascensor y penetra sin piedad mi ano indefenso. Me ha tapado la boca. No me deja hasta que se corre y me pide que lo haga yo".

—¿Qué te pongo para beber? —pregunta Oren.

—Café muy cargado.

—Vale, te le llevo a la mesa, estarás más cómoda.

—Gracias Oren.

Es curioso, no he tenido ninguna fantasía, además le conozco desde que entré a trabajar en la oficina.

—Aquí te dejo el café, guapa.

—Gracias Oren, sé que no es lo normal traer el café a la mesa.

—Por ti hago lo que sea, y si un día quedamos a tomar algo....

—Sí, es que estoy muy liada, los informes, y Mayer que no me deja en paz.

Mayer y Oren llevan muchos años en el edificio. Cuando se construyó, alguien pensó poner una cafetería en la planta de abajo.

—Te llevo a casa —dice Mayer.

—No gracias —respondo (bastante le aguanto en el trabajo, como para permitir que me lleve a casa, mientras me cuenta su vida, tan aburrida).

—No importa, quizás otro día. Y me da un beso en la cara.

—Hasta mañana.

—Que descanses.

El viernes por la tarde no fui a trabajar, pedí la tarde libre. Mayer no quería perderme de vista.

—Buen fin de semana de todos —les digo.

Paro en la planta principal y bajé a la cafetería. Quería recordar a R la cita que tenía pendiente conmigo.

—Espérame en casa, iré sobre las 9 —dice R.

—Vale, te esperaré —respondo sumisa.

R me sonríe, se ha quedado hablando en la cafetería con una amiga.

Es curioso porque estoy pensando en que quizás podríamos hacer un trío Juntas con R.

Nos conoce a ambas, no le importaría quedar con las dos. Me estoy empezando a imaginar esa escena. Puedo poner un nombre imaginario a esa desconocida. Raquel. Raquel R y yo.

Al día siguiente me levanté tarde, era sábado y no quedé con mi madre. Tenía muchas cosas que hacer en casa. Volví a la cama, cogí un libro y empecé a leer la sinopsis para finalmente dejarle en la mesilla.

Sonó el móvil. Era R.

—Me gustó lo de ayer, tenemos que repetir.

—Cuando lo desees, nada más tienes que llamarme y allí estaré.

—Te viene bien esta tarde.

—Sí.

Con R el sexo era diferente, a pesar de que todavía quedaba pendiente correrme con él. No se daba por vencido, a pesar de que lo había intentado varias veces.

La casa estaba desordenada, sucia y sin nada en la nevera. Llamé para que me trajeran el pedido, no tenía ganas de salir de la casa, así me daría tiempo de limpiar, arreglar y recibir a mi invitado.

"Cogí el bote de abrillantador de muebles, se me cayó un poco de líquido grasiento, que manchó mis dedos. Al no tener a mano con qué secarme, me rocé la punta de ambos pezones, vi como enseguida se erguían. Me ha venido a la mente la desconocida del día anterior. Es una de mis invitadas, junto con R. Siempre me ha marcado ese nombre en mi vida. Uno de ellos es mi padre, se llamaba R y después un hombre que conocí y que me cambió la vida, pero eso ahora no quiero que siga en mis pensamientos. Prefiero concentrarme en Raquel, R y yo".

R no sabe nada de mis fantasías, no sabe de mis pensamientos, ni siquiera se imagina que me corro mediante alguna fantasía que imagino en cualquier momento.

"Un día apareció R con una taza de café. Al llegar hasta mí, dejó la taza en la mesa y me besó. Como a mí me gusta el café templado metió un dedo dentro de la taza y los metió en mi boca.

—Chúpalos despacio, quiero ver cómo disfrutas".

De repente suena el timbre, es R.

—Hola, ¿no habíamos quedado más tarde?

—Sí, espero que no haya trastocado tus planes venir antes de la hora.

—No, para nada, te traeré una cerveza.

—Gracias.

—Perdona, está sonando el timbre de la puerta, será algún vecino.

Es Mayer.

—¿Qué haces aquí? —le pregunto.

—Te echaba de menos.

—Tengo visita, si no te importa podrías venir en otro momento —respondo enfadada.

—Ya que estoy aquí, podías dejarme pasar —insiste Mayer.

—Pasa, pones una excusa y te vas.

—Vale.

Mayer y R se conocen de hace tiempo. Mayer se quita la chaqueta, la deja en el sofá ante la mirada de R. Yo estoy de pie mirando la escena, le he traído un café. R no sabe qué conversación empezar,

—Mayer ha venido a decirme una cosa sobre un informe, pero se va —exclamo seria.

—Sí, así es —contesta Mayer.

—¿Por qué no te quedas con nosotros? —Dice R.

—Pasaba por aquí y he subido, pero tengo cosas que hacer —responde Mayer.

Le acompaño a la puerta, y regreso con R.

—Quiero retomar a donde lo habíamos dejado.

—Por mí perfecto.

Me acaricia y besa lentamente le cuello con la lengua, pasa la yema de sus dedos por los pechos, se me erizan los dos pezones. Están duros y R los muerde. Es una sensación distinta a la que he sentido anteriormente. Juega conmigo, me arquea y después, con delicadeza, me tumba en el sofá. Estoy de espaldas y no puedo ver si me caigo, por eso me dejo llevar, sumisa y obediente. R se pone encima de mí, juega con mi ombligo y me abre las piernas.

Me corro con su miembro dentro, es lo que siempre hemos imaginado, pero que jamás había conseguido. R es diferente, sabe lo que me gusta, conoce mi cuerpo con sólo haberlo visto aquel día que vino a casa por primera vez.

—Me voy a duchar, quédate en la cama mientras —le digo.

—De acuerdo. ¿Qué planes tienes para el fin de semana?

—No lo sé —respondo.

—Me voy de viaje después de comer —dice él.

—¿Sólo? —le pregunto.

—No.

Me ha contrariado la respuesta, pensé que se iría solo. Y enseguida pienso que se va con aquella chica que estaba en la cafetería.

—¿Con quién vas?, si no es mucho preguntar.

—Contigo, si vienes.

Respiro satisfecha. No se va con la desconocida.

—Pienso en la propuesta mientras me ducho y te digo algo comiendo, porque te quedas a comer aquí.

Al salir de la ducha, R está fumando un cigarro.

—¿A dónde iríamos? —le pregunto.

—A Orusco de Tajuña. Es un pueblo de Madrid, no te preocupes que está cerca.

—Bueno, pues habrá que acompañarte, por si te pasa algo.

—Eso es que te vienes conmigo.

—Sí, dame tiempo a que prepare una bolsa de viaje.

—Está bien, yo prepararé la comida —propone R.

—¿Dónde vamos a dormir? —le pregunto.

—En casa de una amiga, me ha dejado las llaves.

La "desconocida", por eso estaban hablando tan animados. R lo tenía todo preparado, sólo le faltaba tener dónde ir para que viniera a proponerme "escapar" con él. En el fondo me apetecía salir de Madrid, ver las mismas calles, respirar el aire de la ciudad hacía que pareciera que todos los días eran iguales. La idea de irnos unas horas fuera me pareció más que adecuada.

—¿Sabes? —me dice R—. Es una casa de dos plantas, se llama "Villa Isabel ". Como la dueña.

"La desconocida se llama Isabel pienso, vamos avanzando en el tema".

—¿De qué la conoces?

—Somos amigos hace tiempo, me deja la casa de paso la echo un vistazo.

—Te traes aquí a tus conquistas, por lo que veo.

—Es la primera vez que vengo con una mujer.

—No me lo creo.

—Miento, un día vinimos los dos. Quería traerse unas cosas de Madrid y vinimos a pasar el día, pero llegó la noche y nos quedamos a dormir.

—¿Sólo a dormir?, pregunté picaronamente.

—Bueno, una noche da tiempo a muchas cosas. Hoy podrás comprobarlo.

"La desconocida se llama Isabel, tiene una casa y se ha acostado con R. Seguro que más de una vez se han ido juntos".

—Podías invitarla a casa un día, así la conozco —insisto.

—No sé si querrá —afirma.

—Entiendo, no sabe que vienes conmigo.

—Más o menos.

—Pero ¿tienes algo con ella? —pregunto esperando que me dé una respuesta negativa.

—No, solo somos amigos.

—Pero....

—No creo que sea muy acertado decir que me ha dejado su casa y me he venido con una amiga.

—Quizás tienes razón, no es buena idea.

"Vaya, se me ha estropeado la idea de conocer a esa chica. Pero sé que miente. R, tiene "algo más"

que esa "simple amistad". Supongo que no me lo dice para no sentir celos. ¿Celos de qué? si no estoy enamorada de él. Sólo es una persona a la que veo a diario, que me ha hecho disfrutar en la cama, que me gusta, que me ha ofrecido pasar el fin de semana con él, con el que estoy cómoda. Y que ha conseguido que me corra".

—¿Qué tienes pensado hacer? —pregunto.

—Dar un paseo por el pueblo, y descansar.

"Empiezo a pensar en la relación de R. con Isabel. La casa tiene dos plantas, abajo está el comedor, la cocina, el salón y un pequeño baño. Arriba las habitaciones y un despacho donde el padre de Isabel tenía las cosas de su trabajo. R me deja sola. Me quedo mirando una foto de esa tal Isabel, está en todos los rincones de la casa, era la hija de los dueños y según comentó R, no tenía hermanos".

Regresamos el lunes por la mañana. Para no despertar rumores, lo mejor fue tomar la decisión de entrar separados, nos despedimos con un beso en el coche de R. Entré yo primero. Mientras aparcaba el coche, subí en el ascensor y fui a la mesa del despacho. Estaba Mayer esperando.

—Ya era hora —me recibe con un gruñido.

—Buenos días, Mayer —le respondo sin ganas.

—Toma, tus correos del día, que no sé por qué vienen a mi correo.

—Desvié la dirección, porque sé que llegas antes que yo. —le aclaro.

—Me podías haber comentado algo. —Me regaña.

—Mira Mayer, no tengo ganas de discutir. No te preocupes que no vuelvo a hacerlo, perdona, no volverá a pasar.

—Es que no puedes usar mi correo sin consultarme, es lo mínimo.

—Te he dicho que no lo haré más.

Bajo a la cafetería, estará ya R en su puesto. Le contaré lo que me ha pasado, aunque de la razón a Mayer, porque la tiene, pero contarle qué me ha pasado me desahogará.

—Un café Oren, por favor —pido con urgencia.

—Marchando —me responde.

—¿No está R? —pregunto.

—No, ha salido a ver unas cosas. Si te puedo ayudar yo —responde Oren.

Solícito.

—No, quería comentarle una cosa que me ha preguntado la semana pasada, ¿le puedes decir que me llame, o que suba a verme?

—Claro no te preocupes, cuando llegue le digo que suba a verte.

—Gracias, me llevo el café a la oficina.

"Le he mentido, no quiero comentarle nada de la semana pasada, es una excusa porque no deseo que conozca mi relación secreta con R. Mientras subo por el ascensor pienso si él estuviera conmigo en ese pequeño habitáculo. Le desabrocharía los botones de la camisa, empezaría a jugar con su pecho, a besar cada rincón de su cuerpo, a acariciarle y besarle en el cuello. Por su parte, R me subiría el vestido ajustado y metería sus dedos en mi húmeda vagina, hasta que arrancara un gemido de mi boca, me besaría con pasión y con solo un chasquido de sus dedos, lograría que me corriera".

Cuando el ascensor llegó a su destino, estaba tan húmeda que me daba vergüenza ir a la mesa. Acabé el café, tiré el vaso de plástico y me fui al servicio. Terminé de correrme, metiéndome los dedos. Pensé en cómo lo haría R. Procuré que los gemidos no se oyeran. Después de arreglarme el pelo y retocarme el maquillaje, volví a mi mesa.

Mayer estaba más tranquilo, aunque no me hablaba. Aún estaba enfadado por haber usado su correo electrónico, sin pedir permiso.

—Mayer lo siento, tienes razón no debí usar el correo sin tu permiso.

—Perdóname tú a mí, he sido un exagerado, podía haberte dicho las cosas con otro tono.

—No, perdóname a mí —le dije con gesto de misericordia.

Y me besó. Mayer era mucho más mayor que yo, al menos me sacaba 20 años, pero ya lo decía el tango "que 20 años, no es nada".

Me gustó el beso. Luego pensé que fue de agradecimiento por cómo me habló. Mayer siempre creyó que podría ser como mi padre, pero lo que de verdad quería era ser algo más que un compañero de trabajo.

—Mayer, había pensado que podíamos comer juntos.

—Claro.

—Voy a dejar unos informes en el despacho, si quieres algo llámame al móvil —le pedí con voz apaciguadora.

—Bien, yo iré a ver a unos clientes.

—Vale, si acaso nos vemos en el restaurante luego, te llamaré para confirmar el sitio.

—Conforme pequeña, espero tu llamada.

Y se alejó.

—Mayer —le llamé—, gracias por el beso.

—De nada.

Estaba contenta porque las cosas se arreglaron, no me gusta estar enfadada con Mayer. En el fondo me quiere mucho. Fui despacio al despacho de Roberto, tenía que llevarle unos informes.

Roberto va a un gimnasio, se cuida y media empresa suspira por sus encantos, sin embargo, a mí no me causa esa impresión. Es simpático y agradable, pero nada más.

—¿Te pillo en mal momento? —pregunto después de tocar con los nudillos la puerta de su despacho.

—No adelante, te iba a llamar para ver los informes.

—Perdona, pero en el departamento hemos estado muy liados de trabajo.

—Estás más delgada y muy atractiva —me suelta de repente.

—Me lo tomaré cómo un cumplido, por si los informes no te gustan.

"Roberto me ha excitado. No es por lo que me ha dicho, sino por cómo me miraba cuando lo decía. Ha posado sus ojos en el escote de mi camiseta, y me he imaginado que pasaba la yema de sus dedos por el medio del canalillo de mis senos. Yo le llevaba sus dedos a mi boca y los lamía a la vez que seguía mirando mi cuerpo".

—Vale, déjalos aquí. Te diré algo en esta semana —me propone.

"Estoy abstraída en mis pensamientos, oía un ruido de fondo sin prestar atención".

—¿No me oyes?

—Perdón, estaba pensando en otra cosa.

—Bueno te decía que esta semana te digo algo.

—No tengas prisa, llámame o me pones un correo electrónico —propongo yo.

Salgo de su despacho sin despedirme, Roberto sigue mirando sus papeles, la secretaria le ha pasado una llamada. Salgo de su despacho y cierro la puerta para regresar a mi mesa de trabajo. Pienso en el día tan raro que llevo, sin ver a R y comer con Mayer.

—Hola, ¿Has preguntado por mí? —dice R.

—Qué sorpresa más agradable, no sabes la mañana que llevo —le digo.

—¿Qué te ha pasado? —pregunta con gesto de interés.

—He tenido una bronca con Mayer, le he llevado con retraso unos informes a Roberto, y...

—Pero está todo solucionado —afirma.

—Bueno, he quedado con Mayer a comer.

"R me coge de la mano, me lleva a un rincón. Me besa con furia porque no le ha gustado mi idea de quedar con Mayer. Como "castigo" me arranca el sostén, tira de mis pezones hasta provocarme dolor y me pide que me dé la vuelta. A horcajadas y agarrada con las manos en la pared, sostiene la cintura. Me penetra por el ano cruelmente, con rabia y deseo. Lo noto furioso, no me atrevo a decir nada, ni siquiera a quejarme por el dolor que su idea me está provocando. Siento su miembro duro atravesar las paredes de mi ano, y al final un chorro de líquido caliente. Después de sacar su miembro de mi cuerpo, me deja huérfana de placer".

—Ya me contarás qué tal la comida —me dice, sacándome otra vez de mis "pensamientos.

—Sí, te llamo y esta tarde nos vemos —le digo.

—Bien —me dice para animarme.

Y se aleja. R no sabe que me he quedado sin correrme, pero que él sí lo hizo. Jamás nadie me ha penetrado por el ano. Hay quien dice que es una experiencia más, a mí me da miedo.

Suena el móvil, es Mayer.

—¿Has pensado dónde vamos a comer, princesa? —me pregunta.

—No he tenido tiempo, acabo de salir del despacho de Roberto.

—Ten cuidado, que todas las mujeres le gustan —me informa.

—No te preocupes, no es mi tipo —respondo.

—Ya conoces el sitio ajardinado cerca del despacho. ¿Reservo ahí? —comenta Mayer.

—Perfecto, seguro que es ideal —le confirmo.

—A las dos te espero. —me dice, animado.

—Estaré allí, hasta luego.

Y cuelgo.

La comida fue tranquila, "hicimos las paces" Mayer me fue diciendo sus planes para Semana Santa.

—¿Por qué no te vienes conmigo? —me pidió.

—Porque tengo otros planes.

—¿Y si te lo pido por favor? —insistió.

—Mayer, no estoy sola, hay alguien más en mi vida.

—Perdón —dijo en voz baja.

"Es verdad, estoy sola. Le mentí porque era la única forma de parar su idea de pasar juntos unos días. Lo peor que nunca he conseguido llegar a un orgasmo con nadie. Hasta que llegó a mi vida R".

Con él todo era mágico, hasta el más mínimo detalle. Dejé de comer a deshoras, a no arreglarme para salir, regresé al gimnasio, volví a cuidar más mi imagen. Un día tiré toda mi ropa antigua y compré nueva que me favorecía y resaltaba mi cuerpo. Con R me sentía atractiva y me parecía de nuevo que era una mujer. Era su forma de tratarme lo que me gustaba, sus besos sin pedirlos, sus sorpresas, cuando me llamaba sin esperarlo para preguntarme qué tal me iba la tarde, o qué había hecho. Vi que le importaba eso, me hizo sentirme "viva" de nuevo. R hacía el amor como nadie me lo había hecho antes, bastaba un chasquido de sus dedos, para que me rindiera a sus pies, con él me sentía bien, en todos los sentidos.

—Mi nómina de este mes, a cambio de tus pensamientos —dijo R.

—Estaba, —medité unos momentos la respuesta—, pensando en ti.

—¿Cómo te fue la comida con Mayer? —preguntó con interés.

—Bien, quiere que me vaya con él en Semana Santa.

—¿Y qué le has dicho?

— Que tengo a "alguien".

—¿De verdad? —preguntó asombrado R.

—No, es mentira, pero no me le quitaba de encima.

Roberto me dijo que los informes estaban bien a falta de unos retoques, pero que podrían servir para la Junta que habría pasada la Semana Santa.

Mayer se tuvo que resignar a no irme con él de viaje. Lo que no esperaba era la sorpresa que le tenía preparada, y que sabía no le iba a gustar.

Mi jefe también me felicitó por el trabajo que hice con los informes y me dejó libertad para irme de vacaciones la semana entera.

Y a R le veía dentro y fuera del trabajo, nos poníamos mensajes bajo la mirada de Mayer que cada vez que oía el móvil, no podía evitar sentir celos.

Irene es mi mejor amiga. Tiene un niño pequeño y está en el paro. Me escucha, me apoya incondicionalmente y me "aguanta" todos mis malos y buenos días.

—¿Qué tal estás, guapa?

—¿Irene? —pregunto sorprendida.

— Sí, soy yo —me responde.

—Perdona que no te haya reconocido, es que estoy muy liada de trabajo.

—¿Cómo estás? —pregunto con voz animada.

—Bien, con ganas de quedar a tomar algo.

—A ver si en estos días que cojo vacaciones y te llamo.

—¿Cómo te va la vida?

—Bien, con trabajo y… —pienso la respuesta—, enamorada.

—¿De quién? ¿Le conozco? —pregunta curiosa.

—No, es el camarero que me sube el café. Se llama R.

—Todo un mito erótico —se ríe.

—En serio, se llama R.

—¿Y tu niño? —le pregunto para cambiar de tema.

—Creciendo —me contesta alegre—. Pero, háblame de tu amor.

—No hay mucho que contar. Es el camarero del bar de la oficina.

—¿Edad?

—Tiene 41 años.

—Jo, me estás haciendo sufrir Anda, dime algo más de él.

—Es moreno, atractivo, divertido, me anima.

—¿Y en la cama?

—Maravilloso.

—Hoy fui a una entrevista de trabajo —me cuenta.

—¿Y cómo te fue? —pregunto curiosa.

—Bueno, me ha dicho "que ya me llamarán" —contesta desesperanzada.

—No te desanimes, ya verás que si sigues buscando encuentras algo.

—Llevo desde principio de año y apenas tengo entrevistas.

—Bueno, si me entero de algo prometo llamarte, pero envíame tu CV.

—Ah genial, podemos quedar y te le doy —propone animada.

—Vale, esta tarde si quieres tengo un hueco, podemos vernos a las 8 en la cafetería de tu barrio.

—Fantástico, allí estaré.

—Hasta luego, un beso al niño.

—Igualmente dale otro a tu "niño" —contesta más alegre.

Al "niño" que se refiere Irene, es R. Sin querer pienso en él de nuevo.

—Irene, perdona ¿Por qué no vienes ahora a la cafetería que hay debajo de mi trabajo?

—Por mí vale, pero estás trabajando.

—No te preocupes, cuando llegues me llamas y bajo, así conoces a R.

— Vale, cojo el bus y en nada estoy ahí.

—Bueno amiga mía, hasta ahora.

Me ha parecido mejor este cambio repentino de planes.

Irene llega minutos más tarde. Veo su llamada en el móvil. Bajo por la escalera, el ascensor estaba ocupado y tardaría. Al llegar, Irene está en la barra pidiendo a R una cerveza. Me quedo de pie, desde lejos veo la escena y me parece muy gracioso ver a mi mejor amiga y mi amor juntos.

—Hola, cielo.

—Hola —contestan R e Irene a la vez.

Hago las presentaciones formalmente. Como R sabe qué tomo, ni me preguntó. Mientras me lo sirve aprovecho para guardarme el CV de Irene en el bolso y ver lo guapa que está. Cuando llega con mi café, se une a la conversación, había pocos clientes y Oren podía atenderlos sin problemas. Al acabar, me subí a seguir trabajando, Mayer no paraba de ponerme mensajes.

En el bar se quedaron Irene y R.

Llegó Semana Santa. Envié la petición al Departamento de Personal, y por la tarde me contestaron afirmativamente, pues les comenté que mi jefe me dio la opción si quería, de coger estos días libres.

A Mayer la idea de no verme en diez días le superaba, pero necesitaba descansar, desconectar de la rutina diaria y sobre todo poner orden en mi vida.

Bajé a la cafetería a despedirme de R, no quería que se enterara por nadie ajeno a mí. Había puesto un cartel buscando camarera.

—Me voy a pasar la Semana Santa fuera de aquí —le dije.

—¿Te vas de viaje? —preguntó.

—No, lo más probable es que me quede en casa —le dije.

—¿Sola?

—Sí, no tengo con quién pasar estos días. Ya te dije que no tengo a nadie. A Mayer le mentí, porque se puso pesado con que me fuera con él.

—¿Cuándo te vas?

—Esta la tarde, cuando termine lo que tengo pendiente. —le respondí.

—Que lo pases bien.

—Gracias, ¿Podrías hacerme un favor? —le pregunté.

—Claro, tú dirás.

—¿Te acuerdas de mi amiga Irene?

—Sí, muy simpática.

Me alegro de que te lo parezca, porque el favor es si podrías colocarla de camarera.

Y me besó. Fue sin darme cuenta, estaba mirándole, esperando una respuesta.

—Será mejor que me vaya arriba, aún tengo cosas pendientes y Mayer no es muy paciente.

—¿Te ha gustado? —preguntó R.

—Sí, era justo lo que necesitaba. Le contesté acariciándole la cara.

—Vale dile que se pase a verme, veré qué puedo hacer —contestó R.

Todo estaba en orden en mi vida. Era feliz porque las cosas estaban saliendo como quería. De repente, sonó el móvil.

—Hola preciosa, dijo Irene.

—Hola —respondí asombrada, no esperaba esa llamad—. ¿Pasa algo?

—Sí, que a partir de la semana que viene, te sirvo los cafés.

—¿Cómo? —pregunté.

—Me llamó R, le diste mi teléfono.

—Perdona, es verdad, estaba buscando camarera.

—Gracias, fui a la entrevista y estoy trabajando, R me está enseñando.

—Me alegro mucho, esto tenemos que celebrarlo, aunque ya sé cómo le voy a agradecer el favor.

—Vale, sólo te llamaba para darte las gracias.

—De nada.

Nada más colgar el teléfono, sonó el timbre de la puerta. Era R y venía con una maleta.

—¿Te vienes a vivir aquí?

—Hola, ¿Puedo pasar? —preguntó R.

—Claro, estás en tu casa. Contesté yo.

De repente todo estuvo claro.

Cerré la puerta.

FIN